Birgit Pauls

Poggenkönig un Bahn

Tönning Krimi 3

Birgit Pauls

Poggenkönig un Bahn

Tönning Krimi 3

Bibliografische Information der Deutschen Nationalbibliothek: Die Deutsche Nationalbibliothek verzeichnet diese Publikation in der Deutschen Nationalbibliografie; detaillierte bibliografische Daten sind im Internet über www.dnb.de abrufbar.

ISBN 978-3-7431-5330-1

Herstellung und Verlag:
BoD – Books on Demand, Norderstedt

Covergestaltung:
Birgit Pauls mit BOD Easy Cover

Foto: privat

För Laura un Paul

Für Laura und Paul

Inhaltsverzeichnis

De sprackelbunte Poggenkönig

Sien Vörhuut weer to eng, man he wull ni ünner't Mess. Bi't Ficheln reet se mennigmal in un denn blödte he as 'n afstooken Swien.

Siri gruuste allemal dorför, man nu wör dat opletzt een Enn hebben.

„Bet dat de Dod uns schedet", harrn se bi de Hochteid swört.

***

He weer trüffelig un ruuch bi't Ficheln. Man he seech goot ut un he harr Klei anne Hack.

Wenn se sik dreepen, söchte he gode Hotels an schööne Steden ut.

Eelke Avend föhrte he ehr to Eten ut, verwöhnte ehr un schenkte ehr af un an Smuck. Wieldat se sik nich sünnerlich wat ut't Ficheln makte, weer dat för ehr all op Steed. Mit em gung ehr dat düütlich beter as mit ehrn vorherigen Kirl, de ehr vermöbelte un ehr knapp heel.

Der bunte Froschkönig

Seine Vorhaut war zu eng, aber er wollte sich nicht operieren lassen. Beim Sex riss sie oft ein und er blutete dann wie ein abgestochenes Schwein.

Siri ekelte sich jedes Mal davor, doch nun würde es endlich ein Ende haben.

„Bis dass der Tod uns scheidet", hatten sie bei der Hochzeit geschworen.

***

Er war ungeschickt und grob beim Sex. Aber er sah gut aus und hatte Geld.

Wenn sie sich trafen, suchte er gute Hotels an schönen Orten aus.

Jeden Abend lud er sie zum Essen ein, verwöhnte sie und schenkte ihr manchmal Schmuck. Da sie sich ohnehin nichts aus Sex machte, war es für sie in Ordnung. Mit ihm ging es ihr deutlich besser als mit ihrem Exmann, der sie verprügelte und sie finanziell knapp hielt.

He weer de Heven op de Eer för ehr, elke twee Weeken weer se för em dor. Dummerwies kunn he ni vun ehr scheden. Een Schedung würr em ruineern. Sien Wief achter dat Geld ran as de Düwel achter'n Seel. Se würr för Leevtieden een unverschaamt hooche Ünnerholt von em verlagen. Denn kunnen se an se's Weekenennen ni mehr verreisen.

Eva weer tofreeden in ehr Rull als sien Leefste: Sien Wief föhrte em de Huusholt, man se weer sien Sellschaf bi de grandessige Termine in sien Leeven. Se makte em Vergnögen, bi ehr föhlte he sik goot.

Se sä sik: „Lever eelke twee Weeken dree Dage lang verwöhnt warrn, as eelke Dag een Suupbüdel to verdregen."

**

He weer tofreeden mit sik un sien beiden Fruunslüüd: Siet he an anner Steed fichelte, weer sien Wief beter to verknusen. Scheden wull he nich, man denn müss he um de heele Moneten torüchstahn, de se mit inne Eh bröcht harr.

Er war für sie der Himmel auf Erden, alle zwei Wochen war sie am Wochenende für ihn da.Leider konnte er sich nicht von seiner Frau trennen. Eine Scheidung würde ihn ruinieren. Seine Ehefrau war ein geldgieriges Aas, sie würde auf Lebenszeit unverschämt hohen Unterhalt von ihm fordern. Dann könnten sie an den gemeinsamen Wochenenden nicht mehr gemeinsam verreisen.

Eva war zufrieden in der Rolle der Geliebten: Seine Frau führte ihm den Haushalt, aber sie begleitete ihn zu den wichtigen Terminen in seinem Leben. Sie bereitet ihm Freude, bei ihr fühlte er sich wohl.

Sie sagte sich: „Lieber alle zwei Wochen drei Tage lang verwöhnt werden, als täglich einen faulen Säufer zu ertragen."

***

Er war zufrieden mit sich und seinen beiden Frauen: Seit er sich den Sex an anderer Stelle holte, war seine Ehefrau erträglich geworden. Eine Scheidung wollte er nicht, denn dann müsste er auf das ganze Geld verzichten, das sie in die Ehe gebracht hatte.

Ok nu verdeente se goot un dorvon profiteerte he. Ahn ehr Geld kunn he sien Leefste ni verwöhnen.

To'n Glück müss se an elke tweete Weekenenn arbeiden. Siet he ehr nachts in Ruh leet un niegerdings ok noch Huusarbeid övernehm, fraagte se nich wieder na, wohenn he an düsse Weekenenen mit sien Mackers to fohrte. Sien Fang kunn sik seh'n laaten. He keek dorop, dat he an't Enn vun eelke Weekenenn mindst een goote Fisch mit na Huus bröchte, de he as sülmstfungen utgeev.

Nie nich würr se op de Idee kamen, dat he een Leefsten harr, dorför weer se veel to tutig. Sien Angelutrüstung würr se ok nümmers kontrolleern. He wahrte de inne Garoosch op. Wiedat se in een teemlich fuchtige Gegend weern, kreepen dor veele Poggen rum, vör de se böös bang weer. He passte op, dat de Dierten de för se beste Wahnruum funnen.

***

12

Auch jetzt verdiente sie gut und davon profitierte er. Ohne ihr Geld könnte er seine Geliebte nicht verwöhnen.

Glücklicherweise musste sie an jedem zweiten Wochenende arbeiten. Seit er sie nachts in Ruhe ließ und neuerdings noch Hausarbeiten übernahm, fragte sie nicht weiter nach, wohin er an diesen Wochenenden mit seinen Kumpels zum Angeln fuhr. Seine Fänge konnten sich sehen lassen. Er achtete darauf, am Ende jedes Wochenendes mindestens einen Fisch mit nach Hause zu bringen, den er als selbstgefangen ausgab.

Nie würde sie auf die Idee kommen, dass er eine Geliebte hätte, dafür war sie viel zu naiv. Seine Angelausrüstung würde sie auch nicht kontrollieren. Er bewahrte sie in der Garage auf. Da sie in einer ziemlich feuchten Gegend wohnten, tummelten sich dort die Frösche, vor denen sie panische Angst hatte. Er sorgte dafür, dass die Tierchen dort den für sie besten Wohnraum vorfanden.

***

Endlich weer wedder Weekenenn. He weer bitieden na Tönn fohrt, weer al in't Hotel ankamen un weer 'n poor Runnen in't Swimmbad vun't Hotel swummen. Nu tööwte he dorop, dat Eva sik meellte, dormit he ehr vunne Bahnhoff afholen kunn. Vun't Hotel anne Haven weern dat höchstens tein Minuten to Foot. Man se harr jümmers to veel Bagaasch dorbi, üm dat hoolte he ehr jümmers mit dat Auto af.

Dorna drunken se een Buddel Knallköm, dat hörte to dat Ritual. Eva weer een anstellsch Leefste mit veel Fantasie. Meist verwöhnte se em al wieldeß se de Knallköm drunken. Se weer heel anners als sien Wief, de em blots noch farken un steersch in't Bett bedeente. Middewiel weer em dat einerlei, denn nu harr he alns, wat he bruukte.

De Rest von dat Weekenenn verlustiferten se sik mit inkoopen, Besök inne Sauna, godet Eten un veel Ficheln.

***

Nun war endlich wieder Wochenende. Er war rechtzeitig nach Tönning gefahren, hatte bereits im Hotel eingecheckt und war einige Runden im hoteleigenen Pool geschwommen. Nun wartete er darauf, dass Eva sich meldete, damit er sie vom Bahnhof abholen würde. Vom Hotel am Hafen bis zum Bahnhof waren es höchstens zehn Minuten zu Fuß. Aber sie hatte immer viel Gepäck dabei, deshalb holte er sie immer mit dem Auto ab.

Danach leerten sie eine Flasche Sekt, das gehörte zum Ritual. Eva war eine willige und phantasievolle Geliebte. Meist verwöhnte sie ihn schon beim Sekttrinken. Sie war ganz anders als seine Ehefrau, die ihn nur noch selten und unwillig im Bett bediente. Inzwischen war es ihm aber egal, denn jetzt hatte er alles was er brauchte.

Den Rest des Wochenendes amüsierten sie sich mit bummeln, Saunabesuchen, gutem Essen und viel Sex.

***

An disse Weekenenn harr Siri utnahmwies mal frie. Se harr 'n Fohrradtour mit ehr Fründin plaant, müss vörher man noch gau ehr Fohrrad heelmaken. Dorto müss se mank al de gräsigen Poggen dör in de Garaasch lopen. Suutje sette Siri een Foot för de anner, dat se nich ut Versehen een vun disse scheußlichen Dierten beröhrte oder sogor dorop perrte.

Eerst harr se överleggt, ehr Fründin to fraagen, dat Warktüch ut de Garaasch to holen. Man denn wurr de sachs marken, dat dat Angeltüüch ni nich anfaatet inne Garaasch leeg, vull Stoff. Se wurr Siri inne Garaasch schleppen, ofschonst de bang för Poggen werr, to ehr zu wiesen, wat se wies wurrn weer. Siri wull ni, dat jichtenseen dat Duppelleeven vun ehrn Kirl wies wurr – tominst noch ni. Un vör allm wull se ni, dat rutkeem, dat se dat all lang wuss.

De Poggen, de he as Tarnung nehm würrn em noch to 'n Verdarben warrn, se hoppte, veel gauer as he dach.

An diesem Wochenende hatte Siri ausnahmsweise frei. Sie hatte eine Fahrradtour mit einer Freundin geplant, musste vorher aber noch schnell ihr Fahrrad reparieren. Dazu musste sie sich zwischen den ekelhaften Fröschen hindurch in die Garage kämpfen. Vorsichtig setzte Siri einen Fuß vor den anderen, damit sie nicht versehentlich eins der widerlichen Viecher berührte oder gar darauf trat.

Zuerst hatte sie überlegt, ihre Freundin zu bitten, das Werkzeug aus der Garage zu holen. Aber dann würde sie bestimmt merken, dass das Angelzeug noch unberührt in der Garage lag, völlig verstaubt. Sie würde Siri dann trotz ihrer Angst vor Fröschen in die Garage schleppen, um ihr ihre Entdeckung zu zeigen. Siri wollte nicht, dass Jemand vom Doppelleben ihren Mannes erfuhr – zumindest noch nicht. Und vor allem wollte sie nicht, dass herauskam, dass sie es längst wusste.

Die Frösche, die er zur Tarnung benutzte, würden ihm noch zum Verhängnis werden, hoffentlich viel schneller als er dachte.

Siri fung an, disse kohlen, glitschigen Dinger aftokönen. Besunners leev harr se de lütjen Sprackelbunten ut de Tropen, de hier man blots in't Terrarium överleeven kunnen.

***

Eva harr middewiel anropen. He harr Knallköm op de Stuuv bestellt un weer nu in't Auto op de Weg na de Bahnhoff. Tietglieks mit de Tog keem he anne Bahnstieg an. As se ut de Tog steeg, seech he ehr an, dat se 'n Överraschung för em kloormakt harr.

Se luuerte na em. He weer al nu spitz as Navers Lumpi. Se hapte, dat dat innen Neegde een Smuckhöker mit goote Utwahl geev. Dit Weekenenn würr se sik vergollen laaten. Propper wackelte se mit ehrn Achtersen, as he ehr mit de Bagasch na't Auto achterran leep.

De Bedeenung in't Hotel weer bannig goot. Inne Stuuv ankamen, schenkte he ehr forts 'n Glas Knallköm in.

Siri fing an, diese kalten, glitschigen Dinger zu mögen. Besonders sympathisch waren ihr allerdings die kleinen Bunten aus den Tropen, die hier allerdings nur im Terrarium überleben konnten.

***

Eva hatte inzwischen angerufen. Er hatte den Sekt aufs Zimmer geordert und machte sich nun im Auto auf den Weg zum Bahnhof. Zeitgleich mit dem Zug kam er am Bahnsteig an. Als sie aus dem Zug stieg, sah er ihr an, dass sie eine Überraschung für ihn vorbereitet hatte.

Sie beobachtete ihn. Er war schon jetzt spitz wie Nachbars Lumpi. Hoffentlich gab es in der Nähe einen Juwelier mit guter Auswahl. Dieses Wochenende mit ihm würde sie sich vergolden lassen. Aufreizend wackelte sie mit dem Hintern, als er ihr mit den Koffern zum Auto folgte.

Der Service im Hotel war perfekt. Im Zimmer angekommen, schenkte er ihr sofort ein Glas Sekt ein.

De Blick, de se em tosmeet, as se mitnanner anstöteten, weer veelverspreckend. He wuss, se wurr an disse Weekenenn sien Drööme wahr maken. Al bevör se dat eerste Glas Knallköm leddig harrn, kneete se vör em un verwöhnte em mit de Snut.

As de Buddel leddig weer un se wedder Luft kreegen, gungen se eeten. He gratuleerte sik to sien Utsöken: Endlich wurr he bi't Fisch eeten mal satt warrn. „Butt satt" stunn innen Spieskort. Disse Hotel würr he sik marken. Eva schiente dat ok to behagen.

***

Das Fahrrad weer heelmakt. Siri tööwte nu op ehr Fründin. Schulll se ehrn Ackersnacker mitnehmen? Sachs weer dat goot, wenn man ehr tonoot anropen kunn.. Man ehr Buuk sä ehr, dat dat an disse Weekenenn een Notfall geeven kunn. Se planten een Övernachten in een Heuhotel. Siri würr disse Nach ni tohuus verbringen.

20

Der Blick, den sie ihm zuwarf, als sie miteinander anstießen, war vielversprechend. Er wusste, sie würde an diesem Wochenende seine Träume wahr machen. Schon bevor sie das erste Glas Sekt geleert hatten, legte sie los: sie kniete vor ihm und verwöhnte ihn mit dem Mund.

Als die Flasche leer und er wieder zu Atem gekommen war, gingen sie essen. Er gratulierte sich zu seiner Auswahl: Endlich würde er mal beim Fischessen satt werden. „Scholle satt" stand auf der Karte. Er ließ sich mehrfach nachlegen. Dieses Hotel würde er sich merken. Eva schien es hier auch zu gefallen.

***

Das Fahrrad war repariert. Siri wartete nun auf ihre Freundin. Sollte sie ihr Handy mitnehmen? Sicher wäre es gut, im Notfall erreichbar zu sein. Ihr Bauchgefühl sagte ihr, dass es an diesem Wochenende einen Notfall geben könnte. Sie planten eine Übernachtung in einem Heuhotel. Siri würde die Nacht nicht zuhause verbringen.

***

För Evas Smack weer dat Eeten veel to gau toenn. He wull op de Stuuv, ehr bestiegen. Eva weer veel leever noch in disse kommodige Gaststuuv sitten bleeven, harr girn noch een Wien drunken und harr hopt, dat he sik de Buuk so vullslagen harr, dat he na't Eeten fortsinsleep un se ehr Ruh harr.

Man dat würr sachs nix warrn, se kunn de Buul in his Büx düütlich sehn. Na ja, an disse Weekenenn würr se för de Gaaven vun em hart arbeiden mööten. Man dörför schull he rieklich betalen, dat harr se sik vörnahmen.

***

Bi't Inslapen in't goot rüükenden Heu vun't Heuhotel fraagte Siri sik, of he bi't Fremdgahn wohl 'n Lümmeltüüt nehmen würr. Dat weer wichtig för dat Afseekern vun ehr Tokunft.

***

Für Evas Geschmack war das Essen viel zu schnell beendet. Er wollte aufs Zimmer, sie besteigen. Eva wäre viel lieber noch in diesem gemütlichen Restaurant sitzen geblieben und hätte gern noch einen Wein getrunken, hatte gehofft, dass er sich den Bauch so voll geschlagen hätte, dass er nach dem Essen sofort einschlief und sie ihre Ruhe hatte.

Daraus würde wohl nichts werden, sie konnte die Beule in seiner Hose deutlich erkennen. Nun ja, an diesem Wochenende würde sie für die Geschenke von ihm hart arbeiten müssen. Aber dafür sollte er dann reichlich zahlen, das hatte sie sich vorgenommen.

Beim Einschlafen im duftenden Heu des Heuhotels fragte Siri sich, ob er beim Fremdgehen wohl ein Kondom benutzen würde. Dies war wichtig für das Absichern ihrer Zukunft.

He kunn dat nich mehr utholln. Knapp weern se op de Stuuv, reet he sik de Plünnen vun't Liev. He harr Möögte, sik tosamentoreiten, so dat he Eva sinnig uttrecken kunn. Se wurr jümmers fünsch, wenn he ehr de Plünnen vun't Liev reet. As se opletzt uttrocken weer, harr he dat hild. He bugseerte ehr inne Puuch, hopte, dat dat sinnige Uttrecken för ehr Vörspeel nuch wesen weer. Denn nehm he een vunne Lümmeltüten, de he mitbröcht harr un trock de gau över. He würr ruuch ween un sachs blööten, wull ni, dat Eva sik vör sien Bloot verfehrte.

Eva sackererte liesen. Hüüt rammelte he weer as 'n Karnikelbuck. He weer blots an sien Vergnögen interesseert. Dorbi weer em dat eens, of ehr dat Spaaß makte, oder of he ehr womööglich sogar Wedaach makte. Se versöchte sik to entspannen, dormit he ehr nich lädierte.

***

Er konnte es nicht mehr aushalten: Kaum waren sie auf dem Zimmer, riss er sich die Kleider vom Leib. Er hatte Mühe sich zu beherrschen, damit er Eva langsam ausziehen konnte. Sie wurde immer zickig, wenn er ihr die Kleider vom Leib riss. Als sie endlich ausgezogen war, hatte er es eilig. Er drückte sie auf Bett, hoffte, dass das langsame Ausziehen für sie Vorspiel genug gewesen war. Dann nahm er eins von den Kondomen, die er mitgebracht hatte und zog es schnell über. Er würde wild sein und wahrscheinlich bluten, wollte Eva nicht mit seinem Blut erschrecken.

Eva fluchte leise. Heute benahm er sich wieder wie ein Karnickelbock. Er war nur an seinem Vergnügen interessiert. Dabei war es ihm egal, ob es ihr Spaß machte oder ob er ihr möglicherweise sogar weh tat. Sie versuchte sich zu entspannen, damit er sie nicht verletzte.

***

Siri sleep in ehr Puuch ut Heu un dröömte, dat de Siet bisiets ehr in't Ehbett jümmers leddig bleev.

***

War wer mit em los? He kunn dat för Opregen knapp noch utholen, man he kunn sik nich mehr rögen. Sien Knoken deen ni mehr, wat he wull. He weer as verlahmt. He wull wat seggen, bölken, man he bröchte keen Luut rut. Swoor leeg he op ehr un rögte sik ni.

Dat weer gruulig. Weer he op un in ehr dodbleeven? Ne, he jappte noch, wenn ok blots flach. Eva wull schrieen, Hölp ropen. Man ok se bröchte keen Muck rut. Se wull em afschüddeln, man ok se kunn sik ni mehr rögen.

He seeg ehr Kieken, de vör Noot wiet opreeten Oogen. Denn sedtte sien Aten ut un alns wurr düster.

Siri schlief selig in ihrem Bett aus Heu und träumte, dass die Seite neben ihr im Ehebett zukünftig immer leer blieb.

***

Was war los mit ihm? Er konnte es vor Erregung kaum noch aushalten, doch er konnte sich nicht mehr bewegen. Seine Gliedmaßen gehorchten ihm nicht mehr. Er war wie gelähmt. Er wollte etwas sagen, schreien, doch er brachte keinen Ton heraus. Schwer lag er auf ihr und bewegte sich nicht.

Es war gruselig. War er auf und in ihr gestorben? Nein, er atmete noch, wenn auch nur ganz flach. Eva wollte schreien, um Hilfe rufen. Doch auch sie brachte keinen Ton heraus. Sie wollte ihn abschütteln, unter ihm herauskriechen, doch auch sie konnte sich nicht mehr bewegen.

Er sah ihren Blick, ihre vor Angst geweiteten Augen. Dann setzte seine Atmung aus und alles wurde dunkel.

Dat weer 'n lange Nach för Eva. Se markte, wodennig he langsam op ehr kold un stief wurr. De Tied bit na't Hellwarrn schiente ehr keen Enn to nehmen. Na 'n wiedere föhlte Ewigkeit kloppte de Deern, de de Stuuven makte. Se makte de Döör op, keek kort na de Puuch un gröhlte. Denn rennte se ut de Stuuv. Korte Tied laater keem de Baas vun't Hotel inne Stuuv, markte to Evas Glück, dat se noch leevte un reep de Nootdokter.

***

Siri wurr waken, as ehr de Sünn in't Gesich schiente. Dat weer een anstännig Dag, so still un vull Freeden. Siri spörte, dat dat 'n heel besünnere Dag in ehr Leeven sien würr.

De Nootdokter weer fix to Steed. He kreeg dat henn, de mitnanner verslungen Liever vunnannner to lösen, de Dode, de all stief weer un de Leevende, de verlahmt weer, man noch eben jappte.

28

Es war eine lange Nacht für Eva. Sie spürte, wie er auf ihr langsam erkaltete und starr wurde. Die Zeit bis zum Hellwerden schien unendlich zu sein. Nach einer weiteren gefühlten Ewigkeit klopfte das Zimmermädchen. Es öffnete die Tür, warf einen Blick aufs Bett und schrie. Dann flüchtete es aus dem Raum. Kurze Zeit später betrat der Hotelbesitzer das Zimmer, stellte zu Evas Erleichterung fest, dass sie noch lebte und rief einen Notarzt.

***

Siri erwachte, als ihr die Sonne ins Gesicht schien. Es war ein außergewöhnlicher Tag, so ruhig und so friedlich. Sie spürte, dass dies ein besonderer Tag in ihrem Leben sein würde.

Der Notarzt war schnell zur Stelle. Es gelang ihm, die ineinander verschlungenen Körper voneinander zu lösen, den Toten, der schon steif war und die Lebende, die gelähmt war, aber noch flach atmete.

Eva weer blied as se op een Ligg inne Noothelpauto bugseert wurr. Denn seech se kort een helle Lich, he winkte ehr nochmal to un dorna weer alns düster.

***

Siri un ehr Fründin weern jüst to Middag in een lüttje Kroog op't Land, as se anropen wurr. Ehr Mann weer tohoop mit 'n fremme Fruu dod in 'n Hotel funnen wurrn. De Ümstänne vunne Dod weern bös figelinsch.

***

Weeken laater keem de Bericht vunne Liekenfledderer. Beide weern an 'n Gift sturven, dat dat Opper verlahmt . Dat Gift wurr vunne Liev blots dör apen Wunnen, as to 'n Bispeel, wenn sik een lädiert harr, opnahmen. Wegen dat wurr dat girn als Pielgift insett. Wodennig jichtenseen op de Idee komen kunn, Lümmeltüten dormit to bestrieken, weer för de Liekenfledder, de in sien Leeven al vun de asigsten Fichelspeele hört harr, nich to verstahn, denn bi een högere Doseerung föhrte dat dör Verlahmen vunne

Eva war froh, als sie endlich auf einer Trage in den Krankenwagen bugsiert wurde. Dann sah sie kurz ein helles Licht, er winkte ihr noch einmal zu, dann war alles dunkel.

***

Siri und ihre Freundin machten gerade Mittagspause in einem kleinem Landgasthof, als der Anruf sie erreichte. Ihr Mann sei zusammen mit einer fremden Frau tot in einem Hotel aufgefunden worden. Der Tod sei unter sehr seltsamen Umständen eingetreten.

***

Wochen später kam der Bericht des Pathologen. Die Beiden seien an einem Gift gestorben, welches die Opfer lähmt. Das Gift wird vom Körper nur durch offene Wunden, wie zum Beispiel bei Verletzungen, aufgenommen. Daher wird es gern als Pfeilgift verwendet. Wie Jemand auf die Idee kommen könnte, seine Kondome damit zu bestreichen, war dem Pathologen, der in seinem Leben schon von den seltsamsten Sexspielen gehört hatte, unverständlich, denn bei höherer Dosierung führte es durch eine

Muskeln, de man to'n aten bruukte, licht to'n Dod.

***

„Af un an ward ut een Poog een Määrkenprinz, de op sien witte Peerd langs kümmt un een Stackel wahrt", dach Siri.

Se beslot, den lüttjen, sprackelbunten Kirl in't Terrarium vunne afsünnerliche Professor, de sien Wahnung se af un an putzte, in Ehrn to holln.

Lähmung der Atemmuskulatur leicht zum Tod.

***

„Manchmal wird aus einem Frosch ein Märchenprinz, der auf seinem weissen Ross vorbei kommt und eine unglückliche Frau rettet", dachte sich Siri.

Sie beschloss, den kleinen bunten Kerl, der im Terrarium des sonderlichen Professors, dessen Wohnung sie manchmal putzte, in Ehren zu halten.

Jümmers Arger mit de Bahn

Hüüt wurr 'n ruhige Dag warrn. Andreas harr Föhschicht op de Tout twüschen Husum und St. Peter Ordnung. Normlerwies funn he disse Schicht graesig, obschohnst he jümmers tiedig upstunn. Man bi dat Fahrn vunne Schölers leegen bi all Lokführer de Nerven blank. De Töge weern meist överfull, Kinner und junge Lüüd benehmen sik bi de Infahrt vunne Tog unkontrollerbar. Se weern jümmers in Bewegung, heelen de dör een witte Streek teekende Afstand vunne Bahnstiegkant nich in. Mennigmal schubsten se sik gegensiedig, rangelten bi de Infahrt vunne Tog jümmers ümme beste Platz anne Döör.

Andreas kunn se deelwies ok verstahn. Ok he weer Fahrschöler wesen, wüss, wo knapp de Platz to sitten weer und we asig dat weer, heel verslapen inne Tog stahn to möten.

Immer Ärger mit der Bahn

Heute würde ein ruhiger Tag werden. Andreas hatte Frühschicht auf der Strecke zwischen Husum und St. Peter Ording. Normalerweise hasste er diese Schicht, obwohl er Frühaufsteher war. Doch die Schülerbeförderung zerrte bei jedem Lokführer an den Nerven. Die Züge waren meistens überfüllt, Kinder und Jugendliche benahmen sich bei der Einfahrt des Zuges meist unkontrollierbar. Sie waren immer in Bewegung, hielten den durch eine weiße Linie gekennzeichneten Abstand zur Bahnsteigkante nicht ein. Oft stießen sie sich gegenseitig herum, rangelten bei der Einfahrt des Zuges immer um den besten Platz an der Tür.

Andreas konnte sie teilweise sogar verstehen. Auch er war Fahrschüler gewesen; wusste, wie knapp die Sitzplätze waren und wie unangenehm es war, noch völlig verschlafen im Zug stehen zu müssen.

Liekers much he de Schichten mit de Schölers nich fahrn. He weer jümmers blied, wenn he de Tog inne Bahnhoff to stahn bröcht harr, ahn dat een Schöler dorünner leeg.

Hütt harr he de eerste Tog von St. Peter Ording na Husum. Dor weern Scholferien und veele Arbeiters harrn twüschen Wiehnachten un Niejohr Urlaub nahmen. Dat würrn sinnige Fahrten mit wenig Fahrgäste warrn. Nu weer dat kort vör söss, de Infahrt inne Tönner Bahnhoff weer für sien Tog friegeeven. Allns gang un geev un ruhig sä he sik, as he kort vör de Bahnövergang weer. De Tog na St. Peter weer rechttiedig un stunn all op Gleis een.

Sien Ünnerbewusste markte, dat dor wat anners weer un wohrschaute. Man dat weer al to laat. De Tog boog na rechterhand af, op dat al vör Johren verkötte, man nich dör'n Prellblock afgrenzte Gleis. Dat rumpelte un schüddelte, as de Tog över dat Enn vun't Gleis weg fahrte.

Trotzdem fuhr er ungern die Schichten mit den Schülerzügen. Er war immer froh, wenn er den Zug im Bahnhof zum Stehen gebracht hatte, ohne dass ein Schüler darunterlag.

Heute hatte er den ersten Zug von St. Peter Ording nach Husum. Es waren Schulferien und viele Berufstätige hatten zwischen Weihnachten und Neujahr Urlaub genommen. Es würden ruhige Fahrten mit wenig Fahrgästen werden. Jetzt war es kurz vor sechs, die Einfahrt in den Tönninger Bahnhof war für seinen Zug freigegeben. Alles normal und ruhig sagte er sich, als er kurz vor dem Bahnübergang war. Der Zug nach St. Peter Ording war pünktlich und stand schon auf Gleis eins.

Sein Unterbewusstsein registrierte, dass etwas anders war und schlug Alarm. Doch es war zu spät: Der Zug bog nach rechts ab, auf das schon vor Jahren gekürzte, aber nicht durch einen Prellbock begrenzte Gleis. Es rumpelte und schüttelte, als der Zug über das Gleisende hinweg fuhr.

Andreas beleevte dat allns as in Tiedlupe, heel de Luft an, as de Tog to'n Stahn keem. Watt würr nu passeern? Man allns gung goot. De Tog bleev inne Wildnis stahn, kippte nich üm. Na 'n poor Schrecksekunnen fung Andreas tosamen mit de Kollegen ut de anner Tog un ut de Bahnhoff dormit an, de Fahrgäste ut de Tog rut to bringen.

Dat duerte lang bet Kripo un de Lüüt to de Spoorn to seekern dor weern. De Bahnstreck twüschen Husum un St. Peter bleev de heele Dag lang sparrt. Andreas keem vunavend eerst laat na Huus. He weer de letzte, de an disse Dag vunne Kripo befraagt wurr.

Dat stellte sik gau rut, dat jichtenseen de Aftwieg, de obschonst dat Gleis afsneeden weer noch funkschioneerte umstellt harr.

Dor harr de Bahn 'n Buck schoten betogen op de Seekerheit, dat de Aftwieg över Jahrteinte noch gung, obschonst da Gleis, dat aftwiegte ni mehr existeerte.

Andreas erlebte alles wie in Zeitlupe, hielt die Luft an, als der Zug zum Stehen kam. Was würde nun geschehen? Doch alles ging gut. Der Zug blieb in der Wildnis stehen, kippte nicht um. Nach einigen weiteren Schrecksekunden begann Andreas gemeinsam mit seinen Kollegen aus dem anderen Zug und dem Bahnhof damit, die Fahrgäste vorsichtig zu evakuieren.

Es dauerte lange, bis Kripo und Spurensicherung vor Ort waren. Die Bahnstrecke zwischen Husum und St. Peter Ording blieb den ganzen Tag gesperrt. Andreas kam erst spät abends nach Hause. Er war der letzte, der an diesem Tag von der Kripo befragt wurde.

Es stellte sich schnell heraus, dass irgendjemand, die trotz des abgeschnittenen Gleises noch intakte Weiche umgestellt hatte.

Ein eklatantes Fehler der Bahn in Bezug auf die Sicherheit, dass die Weiche trotz des nicht mehr existierenden Abzweiggleises noch über Jahrzehnte weiterhin gängig war.

Man de Anklaag gegen de Bahn verleep, jüst as ok de Söök na de Schullige, inne Sand. Na veer Mande wurr dat Verfahren instellt. Di de Lokföhrers bleev een ungode Geföhl. Kort dorna harr Andreas wedder Fröhschicht, ditmal mit Schölerbeförderung.

Sien Nerven leegen noch jümmers blank, wenn he mit de Tog in Tönn op Gleis twee infahrn müss.

Dat weer kort vör söven. He keem ut St. Peter un schull üm kort vör söven wieder na Husum fahrn. Wegen de Schölers weer dit 'n egens lange Tog. De bestunn ut twee Wagenpaare. Andreas müss jichtensmal bös oppassen, dat he mit de Tog nich över de Halt rutfahrte un liekers wiet nuch fahrte, so dat dat Enn vunne Tog nich op de Bahnövergang stahn bleev un de Bahnpahlen wedder opmakt warn kunnen. Hüüt gung allns goot. De Tog stunn, keen vunne mallen Schölers weer överfahrt wurrn un he weer ok ni op de Bahnövergang stahn bleeven.

Doch die Klage gegen die Bahn verliefen, ebenso wie die Suche nach dem Täter, im Sande. Nach vier Monaten wurde das Verfahren eingestellt. Bei den Lokführern blieb ein ungutes Gefühl. Kurz darauf hatte Andreas wieder Frühschicht, diesmal mit Schülerbeförderung.

Seine Nerven lagen immer noch blank, wenn er mit dem Zug in Tönning auf Gleis zwei einfahren musste.

Es war kurz vor sieben. Er kam aus St. Peter Ording und sollte um kurz nach sieben weiter nach Husum fahren. Wegen der Schülerbeförderung war dies ein extra langer Zug. Er bestand aus zwei Wagenpaaren. Andreas musste jedes Mal fürchterlich aufpassen, damit er mit dem Zug nicht über den Stopp hinausfuhr und trotzdem weit genug vorfuhr, so dass das Zugende nicht auf dem Bahnübergang stehen blieb und die Schranken geöffnet werden konnten. Heute ging wieder alles gut. Der Zug stand, keiner der verrückten Schüler war von ihm überfahren worden und er war auch nicht auf dem Bahnübergang stehen geblieben.

Andreas gung fix inne Bahnhoffsboo, to sik vunne fründliche Kollegin een Kaffee to schnorrn.

Buten hörte he 'n Fahrgast bi de Automat schimpen: „So'n Swienkram. De Bildschiev kleevt vör Dreck! Kann man hier nich mal sauber maken?"

Andreas hopte, dat de'n Fahrkort na Garn oder St. Peter harr. He wull disse Fahrgast nich in sien Tog hebben.

Utwussen Minschen, de gnadderig inne övervullen Schölertöge insteegen, sorgten meist för slechte Luft un veel Arger. Dorto harr he kenn Moot.

Sien Beed wurr nich hört. As sien Tog al meist kloor to losfahrn weer, steeg de queesige Fahrgast inne vördere Deel vunne Tog in. Andreas duerte, datt keen Schaffner dorbi weer, de bisiets dat Kontroleern vunne Fahrkarten ok för Ruh sorgen kunn.

Andreas ging schnell ins Bahnhofsgebäude, um sich bei der freundlichen Kollegin einen Kaffee zu schnorren.

Draußen hörte er einen Fahrgast am Automaten schimpfen: „So ein Schweinkram. Der Bildschirm hier klebt vor Dreck! Kann man den nicht mal saubermachen?"

Hoffentlich hatte der eine Fahrkarte nach Garding oder St. Peter Ording gelöst, dachte Andreas. Er wollte diesen Fahrgast nicht in seinem Zug haben.

Erwachsene, die schlecht gelaunt in die überfüllten Schülerzüge einstiegen, sorgten oft für zusätzliche Spannungen und viel Ärger. Darauf hatte er heute keine Lust.

Seine Wünsche wurden nicht erhört: Als sein Zug schon fast abfahrbereit war, stieg der nörgelnde Fahrgast noch in den vorderen Zugteil ein. Andreas bedauerte, dass kein Zugbegleiter dabei war, der neben der Fahrkartenkontrolle auch für Ruhe sorgen konnte.

De Fahrt verleep still. In Harblek un Witzwort müss he anholn, wieldat anner Fahrgäste instiegen wulln, man dat weer um disse Tied jümmers so. Andreas betähmen sik. Bald würr he in Husum ween.

Denn op eenmal een Fullbremsung. Jichtenseen müss de Nootbrems trocken hebben. De Tog keem op de Bahnövergang vun Platenhörn to stahn.

Andreas schafuterte. De Tog blockeerte nun meern inne Beropsverkehr de B5.

De eersten Autofahrer hupen al hiddelig. Was weer passeert? Kunn he sik ut sien seekere Führerhuus ruttruun to natokieken. Oder müss he um Liev un Leeven bangen, wiedat een randaleerte?

Dor kloppte dat ok al anne Dörr.

Enn Kinnerstimm: „Herr Lokföhrer, Herr Lokföhrer, dor is een ümfulln. De süht bös sünnerlich ut. Hett 'n paar Mal vun sien Rundstück afbeeten, denn de Oogen verdreiht un is vunn Sitt rutscht."

Die Fahrt verlief ruhig. In Harblek und Witzwort musste er halten, weil weitere Fahrgäste einsteigen wollten, aber das war um diese Zeit normal. Andreas beruhigte sich. Bald würde er in Husum sein.

Dann plötzlich eine Vollbremsung. Jemand musste die Notbremse gezogen haben. Der Zug kam auf dem Bahnübergang von Platenhörn zum Stehen.

Andreas fluchte. Der Zug blockierte nun mitten im Berufsverkehr die B5.

Die ersten Autofahrer hupten schon ungeduldig. Was war passiert? Konnte er sich aus dem sicheren Führerhaus herauswagen, um nachzusehen? Oder musste er um Leib und Leben bangen, weil jemand randalierte?

Da klopfte es auch schon an der Tür.

Eine Kinderstimme: „Herr Lokführer, Herr Lokführer, da ist einer umgefallen. Der sieht ganz komisch aus. Hat ein paar Mal von seinem Brötchen abgebissen, dann die Augen verdreht und ist vom Sitz gerutscht."

Starkmödig makte he de Döör op un leep achter dat Kind ran. Een grote Dutt Minschen stunn um een Mann rum. Dat weer klar, dat de ahn Bewustsien weer.

„Wie bruuken een Dokter!", blökte Andreas. „Is een Dokter inne Tog oder jichtenseen anners de sik mit Heelmiddel utkennt?"

De um em rümstahnden Kinner un junge Lüüd schüttkoppten.

Womööglich kun em een ut de anner Deel vunne Tog hölpen? He gung inne Föhrerstand to so'n Ansaag to maken.

Een Deern snackte em an: „Ik heff de 112 ropen. De meenten, dat dat Noothelpauto in 10 – 15 Minuten hier is."

Andreas jappte na Luff. Tominnst harr disse Kind de Ruh wahrt un harr allns richtig makt. He müss de Leitsteed Bescheed geeven, eerste Hölp leisten, de Fahrgäste beruhigen, man wat toeerst?

Entschlossen öffnete er die Tür und folgte dem Kind. Eine große Menschenmenge umstand einen offensichtlich bewusstlosen Mann.

„Wir brauchen einen Arzt!", rief Andreas. „Ist ein Arzt im Zug, oder jemand anderes mit medizinischen Kenntnissen?"

Die umstehenden Kinder und Jugendlichen schüttelten den Kopf.

Vielleicht könnte ihm jemand aus dem anderen Zugteil helfen? Er ging in den Führerstand, um eine entsprechende Durchsage zu machen.

Ein Mädchen sprach ihn an: „Ich habe die 112 gerufen. Die meinten, dass der Rettungswagen in 10 - 15 Minuten hier ist."

Andreas atmete auf. Wenigstens dieses Kind hatte die Ruhe bewahrt und richtig gehandelt. Er musste nun die Leitstelle informieren, erste Hilfe leisten, die Fahrgäste beruhigen, aber in welcher Reihenfolge nur?

Sien Nerven leegen blank. He makte een Ansaag, reep de Leitsteed an. Denn wull he sik wedder ümme Fahrgäste kümmern as he dat Martinhorn hörte. Dat Noothelpauto weer dor, watt 'n Dusel.

Andreas leet sik op sien Sitt falln. Denn kloppte dat an't Finster. Richtig – he müss de Döör opmaken, to dat de Lüüd vunne Noothelp to de Kranke keemen. Man de annern Fahrgaste dorven ni utstiegen. Also Döörn opmaken un denn 'n Ansaag. Kort dorna wedder Blaulicht. De Polizei. De Gendarmen keemen inne Tog. Kort dorna snackte de Dokter mit een Gendarm. De beiden tuscheln opreegt. Denn snackte de Gendarm mit Andreas.

„Wie möten de Lüüd ut de Tog rutholen. Dat duert länger, bet wi de Liek hier rutschaffen könen.

Bi disse Wöör wurr Andreas witt üm de Nees.

„Könen se Reservfahrten mit Busse anfordern? Man wi möten de Reisenden ok all befraagen. De Nootdokter glöövt, dat de Dod

Seine Nerven lagen blank. Er machte eine Durchsage, rief die Leitstelle an. Dann wollte er sich wieder um den Fahrgast kümmern, als er das Martinshorn hörte. Der Rettungswagen, was für ein Glück.

Andreas ließ sich in seinen Sitz sinken. Da klopfte es ans Fenster. Richtig – er musste die Tür öffnen, damit die Mitarbeiter des Rettungsdienstes zu dem Kranken kamen. Aber die anderen Fahrgäste durften nicht aussteigen. Also Türen öffnen und Ansage. Kurz danach wieder Blaulicht. Die Polizei. Die Beamten betraten den Zug. Kurz danach wandte sich der Notarzt an einen Polizisten, die beiden flüsterten aufgeregt. Dann wandte sich der Polizist an Andreas.

„Wir müssen den Zug evakuieren. Es dauert länger, bis wir die Leiche hier rausschaffen können."

Bei diesen Worten wurde Andreas blass.

„Können Sie einen Busersatzverkehr anfordern? Wir müssen die Reisenden allerdings auch alle befragen. Der Notarzt

keen natürliche Uursaak hett. He tippt op een Vergiftung mit een gau anslaagn Gift. Psychologische Hölp för de Reisenden hebben wi al anfordert."

Andreas süüfzte. Dat wurr wedder een lange, asige Arbeitsdag warrn. As een Maschin richtete he sik na dat Anwiesen vunne Gendarmen. Na 'n föhlte Ewigkeit weer de Tog evakueert, de Reisenden all befraagt un inne Busse verfrachtet. Andreas weer ok girn in een Bus steegen, man he wurr vunne Leitsteed anwiest, dor to blieven, bet de Tog wiederfahrn dorv un em den na Husum to bringen.

Ok nadem de Fahrgäste weg weern wurr de Liek noch nich ut de Tog rutbröcht, man Bahnstreck und un Bundestraat bleeven sparrt, wieldat de Spoorenseekerung op'n Prick arbeidete.

Laat anne Namiddag wurr de Liek opletzt aftransporteert und he dorv de Tog ünner Opsicht vun Gendarmen na Husum bringen, vermutet keine natürliche Todesursache. Er tippt auf eine Vergiftung mit einem schnell wirkenden Gift. Psychologische Betreuung für die Reisenden wurde schon von uns angefordert."

Andreas stöhnte auf. Das würde wieder ein langer, unangenehmer Arbeitstag werden. Mechanisch folgte er den Anweisungen der Leitstelle und der Polizeibeamten. Nach einer gefühlten Ewigkeit war der Zug evakuiert, die Reisenden alle befragt und in die Busse verfrachtet. Andreas wäre auch gern in einen Bus gestiegen, doch er erhielt von der Leitstelle die Anweisung, zu bleiben, bis der Zug weiterfahren durfte und ihn dann noch bis Husum zu bringen.

Auch nachdem die Fahrgäste weg waren, wurde die Leiche noch nicht aus dem Zug entfernt, sondern Bahnstrecke und Bundesstraße blieben gesperrt, während die Spurensicherung akribisch arbeitete.

Am späten Nachmittag wurde die Leiche endlich abtransportiert und er durfte den Zug unter Polizeibegleitung nach Husum bringen, wo de inne neegste Dage wieder ünnersöcht wurr.

Dat weer toveel för Andreas. He leet sik för de neegsten twee Mande krank schrieven. Veele Weeken stunn de Polizei vör'n Rätsel. De Reisende weer an een starke Gift sturven, dat he an sien Hannen, sien Fahrkort un anne Butersieden vun sien Rundstück harr. Dat Binnerste vun dat Rundstück weer nich vergiftet wesen. Man wodennig weer he an dat Doodsgift kamen? Harr he sik dat sülmst toführt? Dat heelen de Ermittler för unwohrschienlich.

Jichtenswie müss dat Gift an sien Hannen langt ween, vun dor op't Rundstück. Dormit harr he denn bi't gaue Fröhstück inne Tog de Dosis to sik nahmen, de to'n Dod föhrt harr.

Denn harrn se 'n hitte Spor. Dor weern noch mehr vergiftete Minschen in desülvige Week wesen.

wo er in den nächsten Tagen weiter untersucht werden würde.

Es war zu viel für Andreas. Er ließ sich für die nächsten zwei Monate krankschreiben. Wochenlang stand die Polizei vor einem Rätsel. Der Reisende war an einem starken Gift gestorben, dass sich an seinen Händen, seiner Fahrkarte und an den Außenseiten seines Brötchens befunden hatte. Das Innere seines Brötchens ist nicht vergiftet gewesen. Aber wo war er mit dem tödlichen Gift in Berührung gekommen? Hatte er es sich selbst verabreicht? Dieses hielten die Ermittler für unwahrscheinlich.

Irgendwie musste das Gift an seine Hände gelangt sein, von dort aufs Brötchen. Damit hatte er dann während des schnellen Frühstücks im Zug die tödliche Dosis zu sich genommen.

Dann hatten sie eine heiße Spur: Es waren weitere Fälle von Vergiftungen in derselben Woche aufgetreten.

Een wiedere Minsch weer sturven, dree annern kunnen ruthelpen warrn, wieldat de Dosis to sied weer un dormit ni to'n Dod föhrte.

Na 'n lange akribsche Söök kreeg man spitz, wat de Opper alltohoop harrn. All harrn se desülvige Dag morgens anne Fahrkortenautomat vunne Tönner Bahnhoff ehr Kort löst.

De Automat wurr ünnersöcht. Obschonst dat inne verleden Weeken mennigmal regent harr, kunn man noch Sporen vun dat Gift op dat Touchpad nawiesen.

Man wokeen weer de Verbreker? De Kripo tappte wiederhen in't Düstern.

De Schock seet deep bi de Bahnfohrers. Knapp een köffte sien Fahrkort noch anne Automat. De Slangen anne Schalter weern lang, de Mitarbeiders fünsch, denn se harrn vun ganz boben de Vörgaav, sik um de Affertigung vunne Töge to scheren.

Ein weiterer Patient war gestorben, drei andere konnten gerettet werden, weil die Dosis zu gering und somit nicht tödlich war.

Nach langer akribischer Suche wurde eine Gemeinsamkeit bei den Opfern gefunden: Alle hatten sie am gleichen Tag morgens am Fahrkartenautomaten des Tönninger Bahnhofs ihre Fahrkarte gelöst.

Der Automat wurde untersucht. Trotz des häufigen Regens der letzten Wochen konnten noch Spuren eines Giftes auf dem Touchpad nachgewiesen werden.

Doch, wer war der Täter? Die Kripo tappte weiterhin im Dunkeln.

Der Schock saß tief bei den Bahnreisenden. Kaum einer kaufte noch Fahrkarten am Automaten. Die Schlangen am Schalter waren lang, die Mitarbeiter genervt, denn sie hatten von ganz oben die Vorgabe sich um die Zugabfertigung zu kümmern.

To de Verkoop vunne Fahrkarten harr de Bahn ja de Automaten vörsehn, to Arbeitstied un Lüüd översporen. Na welke Dage wurr de Schalter op Anordnung vunn de hooge Herrn bi de Bahn eenfach dichtmakt. Tweerig un mit veel Angst köfften de Minschen se's Fahrkorten wedder anne Automat.

Na endlich, dach Andreas an sien eerste Arbeidsdag. He kunn dat Gequeese vunne Fohrgäste ni verstahn. Dorto geev dat doch de Automaten. De Lüüd kunnen sik freun, dat dat so'n feine moderne Technik geev, to de Lüüd to bedeenen. To wat schulln sik sien Kolleegen dorwegen denn mit de Verkoop vun Fahrkorten afgeeven.

Opto fahrten för sien Smack jümmers noch to veele Lüüd mit de Bahn. Wenn de Töge to vull weern, weern de mennig mal to laat un he harr veel laater Fieravend.

Op 't mehrst argerten am de Döösköppe, de mit de Tog ut Hamburg keemen und sik

Zum Verkauf von Fahrkarten hatte die Bahn schließlich die Automaten vorgesehen, um Arbeitszeit und Personal einzusparen. Nach einigen Tagen wurde der Schalter auf Anordnung der Bahnoberen einfach geschlossen. Widerwillig und mit viel Angst kauften die Menschen ihre Fahrkarten wieder am Automaten.

Na endlich, dachte Andreas an seinem ersten Arbeitstag. Er konnte das Genörgel der Fahrgäste nicht verstehen. Schließlich gab es die Automaten. Die Leute sollten sich freuen, dass es so eine schöne moderne Technik gab, um die Leute zu bedienen. Wozu sollten sich daher seine Kollegen mit dem Verkauf von Fahrkarten abgeben. Sie hatten Wichtigeres zu tun.

Außerdem fuhren für seinen Geschmack immer noch viel zu viele Leute mit der Bahn. Wenn die Züge so voll waren, hatte er oft Verspätung und deshalb viel später Feierabend.

Am meisten ärgerten ihn die Blödmänner, die mit dem Zug aus Hamburg kamen und sich opreegten, wieldat he mit sien Anslusstog in Husum nich mal fief Minuten töövte, sunnern jümmers rechttiedig losfohrte. Schulln se doch mit Auto fohrn oder 'n Stünn fröher losfohrn. Se müssen ja middewiel weeten, dat de Bahn jümmers to laat weer un de Ansluss ni töövte. Worum reegten se sik denn jümmers noch op?

Sien Meen verklaarte Andreas ok jümmers luuthals inne Kroog, wenn mal wedder över de Bahn schimpt wurr un vör allm ok gegenöver queesige Fahrgäaste.

An sien tweete Arbeitsdag weer dat mal wedder besunners dull: Pampige Fahrgäste quarkten em an, wieldat he de Döörn rechttiedig dicht makt harr und rechttiedig affahrt weer. He kunn dat meist ni glööven. Sunst quarkten de doch jümmers wiedat de Bahn to laat weer.

Wat gung em de oole Fruu mit de Rollator an, de nich mehr mitkamen weer, wieldat se nich fix nuch anne Döör weer. Denn harr Oma manfröher losloopen müsst.

darüber aufregten, dass er mit seinem Anschlusszug in Husum nicht mal fünf Minuten wartete, sondern immer pünktlich abfuhr. Sollten sie doch mit dem Auto fahren oder eine Stunde früher losfahren. Sie müssten ja mittlerweile wissen, dass die Bahn immer Verspätung hatte und Anschlusszüge nicht warteten. Warum regten sie sich dann noch auf?

Seine Meinung vertrat Andreas auch lautstark in der Kneipe, wenn mal wieder über die Bahn geschimpft wurde und vor allem auch gegenüber nörgelnden Fahrgästen.

An seinem zweiten Arbeitstag war es wieder besonders schlimm: Unverschämte Fahrgäste pöbelten ihn an, weil er die Türen pünktlich geschlossen hatte und pünktlich abgefahren war. Kaum zu glauben, sonst meckerten sie doch immer über die Unpünktlichkeit der Bahn.

Was ging ihn die alte Frau mit Rollator an, die nicht mehr mitgekommen war, weil sie nicht schnell genug an der Tür war? Dann hätte Oma eben früher loslaufen müssen.

Letztenns geev dat Klocken, de se wull lesen kunn.

Vör allen weer een spiddelige, verbiestert utsehende Kirl an't quarken. Utreckend de – weer he doch sülmst op'n letzte Drücker inne Toog jumpt un jüst noch mitkamen.

Twee Dage laater wunnerwarke Andreas sik, as he na Tönn keem. De heele Bahnhoff weer över un över mit Graffiti versmeert.

„Scheiß Bahn", stunn dor. Un: „Ji klaut de Lüüd mit jimme slechte Deenste un dat veele to laat komen Leevensqualität un Leevenstied."

He schüttkoppe. Dat weer jüst de Snack, de de ehemalige Fründ vun sien Fru ok jümmers bröcht harr. Ruth müss veel Tied in ehr Leeven alleen verbringen, weer mennigmal alleen oder gar nich to Feiern gahn, wiedat ehr Fründ laat na Huus keem. He weer geschäftlich veel ünnerwegens, fohrte meist mit de Tog un reegte sik op, dat he wegen de veele Verspätungen vunne Bahn laat oder gar ni na Huus keem.

Schließlich gab es Uhren, die sie wohl lesen konnte.

Besonders ein dürrer, verhärmt wirkender Typ war am meckern. Ausgerechnet der – war er doch selbst noch auf den letzten Drücker in den Zug gesprungen und gerade noch mitgekommen.

Zwei Tage später wunderte Andreas sich, als er nach Tönning kam. Der ganze Bahnhof war über und über mit Graffitis verschmiert.

„Scheiß Bahn" stand dort. Und: „Ihr klaut dem Menschen durch euren schlechten Service und die vielen Verspätungen Lebensqualität und Lebenszeit."

Er schüttelte den Kopf. Das waren genau die Sprüche, die der Exfreund seiner Frau auch immer gebracht hatte. Ruth musste viel Zeit ihres Lebens alleine verbringen, war häufig allein oder gar nicht zu Feiern gegangen, weil ihr Freund zu spät nach Hause kam. Er war beruflich viel unterwegs, fuhr meistens mit der Bahn und regte sich darüber auf, dass er wegen der vielen Bahnverspätungen zu spät oder gar nicht nach Hause kam.

Disse Dösbaddel. Denn harr he jüst een fröhere Tog nehmen müsst, wenn he noch wat vör harr. Opto fahrte he meist ok Fridags oder vör Fieerdage. Dorbi wuss doch jedeen, dat de Töge dor jümmesr to laat weern.

To'n Glück harr Ruth jichtenswann de Snut vull vun dat Quarken. Se harr sik vunne untofreeden Bahnfohrer schedet un harr mit em – de jümmers tofreeden Bahnmitarbeider Hochtied fiert.

Nu ja, dat Geld kunn 'n beten mehr ween, dach Andreas. Dorüm harrn de Togföhrers ja ok jümmers wedder streikt, wat de Fahrgäste ok ni verstahn wulln. Se queesten in't Internet wieldat de Tog utfull un to laat weer un schimpten op de Bahnmitarbeider. Vor allem Ruth Ehemalige drängte sik dorbi mal wedder vör.

Andreas lachte em ut: „Wenn Du inne Laag weerst, dien Leeven mal inne Greep to kriegen un rechtiedig lostofahrn, weerst du ok mal rechttiedig bi't Huus und Ruth sachs noch bi di. Du kannst dat nich op dat to laat komen

Dieser Trottel. Dann hätte er eben einen früheren Zug nehmen müssen, wenn er noch etwas vorhatte. Außerdem fuhr er auch oft freitags oder vor Feiertagen. Dabei war doch allgemein bekannt, dass die Züge da immer Verspätungen hatten.

Zum Glück war Ruth das Gejammer irgendwann auf die Nerven gegangen. Sie hatte sich von dem unzufriedenen Bahnfahrer getrennt und ihn - den immer zufriedenen Bahnmitarbeiter - geheiratet.

Nun ja, das Geld könnte etwas mehr sein, dachte Andreas. Deshalb hatten die Lokführer ja auch immer wieder gestreikt, was die Fahrgäste auch nicht verstehen wollten. Sie nörgelten im Internet über Zugausfälle und Verspätungen und beschimpften die Bahnmitarbeiter. Besonders Ruths Ex tat sich dabei wieder einmal hervor.

Andreas lachte ihn aus. „Wenn du dazu in der Lage wärst, dein Leben in den Griff zu bekommen und mal rechtzeitig loszufahren, wärst du auch mal pünktlich zuhause und Ruth vielleicht noch bei dir. Du kannst das vunne Bahn schuuven, wenn du jümmers to laat na Huus kümmst.

As he de Anter hörte verfehrte he sik bi de Iesesküll, de inne Stimm leeg: „Heest du noch ni nuch Malöör bi de Bahn beleevt, to to Resong to komen? Man nee, Gesundheit und Leeven vun dien Fahrgäste interesseern di nich. Hauptsaak, dat Geld kümmt rechttiedig un du hest rechttiedig Fieeravend. Man Du warst dien Denken ännern, wenn de Bahn di mal dat nimmt, wat di förwiss hild is. Ik weet wiss – dat schall so för sik gahn".

De neegsten Weeken weern kommodig, de Töge teemlich leddig, wiedat veele Pendler weegen de anduernde Streik op't Auto umsteegen un denn dorbi bleeven weern. Dat much Andreas. Fahrgäste un vör allm vulle Töge weern em towedder.

Anne Bahnhöffe, woneem blots op Anfraag anholen wurr, steegen knapp noch Lüüd ut oder in. Dat keem Andreas goot topass. So müss he nich anholnn und harr längere Verpuust in Tönn und Husum.

nicht auf Bahnverspätungen schicken, wenn du immer so spät nach Hause kommst.

Als er die Antwort hörte, erschrak er über die Eiseskälte, die in der Stimme lag: „Hast du nicht schon genug Bahnunglücke erlebt, um zur Vernunft zu kommen? Aber nein, Gesundheit und Leben Deiner Fahrgäste interessieren dich nicht. Hauptsache, das Geld kommt pünktlich und du hast pünktlich Feierabend. Aber du wirst deine Meinung ändern, wenn die Bahn dir mal was nimmt, das dir wirklich wichtig ist. Ich bin sicher - es wird geschehen."

Die nächsten Wochen waren ruhig, die Züge relativ leer, weil viele Pendler wegen des dauernden Streiks aufs Auto umgestiegen und dabei geblieben waren. Das gefiel Andreas. Fahrgäste und vor allem volle Züge waren doch eher lästig.

An den Bedarfshaltestellen wie Witzwort oder Harblek stiegen kaum noch Fahrgäste aus oder ein. Das kam Andreas sehr entgegen. So musste er nicht anhalten und hatte längere Pausenzeiten in Tönning und Husum.

Ok hüüt weer wedder een goote Dag, dor weern Scholferien. Inne Tog anne Vörmiddag seeten knapp Minschen. He kennte de Fahrgäste un wuss, dat keen een vör Tönn utstiegen würr. Dör Witzwort kunn he ahn Anhohln dörfohrn.

Andreas freute sik al up de Fieravend. He müss blots noch disse Fohrt na St. Peter maken. Denn wurr he aflöst warrn. He överleegte, wat he achteran mit Ruth, de Urlaub harr, unnernehmen kunn. Teemlich droemelig fohrte he, ahn de Geswinnigkeit dull rünnertosetten, op Harblek to. An't Enn vunne Bahnstieg stunnen twee Lüüd. As he de seech, weer dat to laat to anholn. Eenerlei, schulln de de neegste Tog nehmen. Se harrn sik ja rechttiedig düütlich wiesen kunnt.

Denn seech he Ruths Oogen, wiet opreeten vör Grusen. Se keek em dör dat Finster in't Föhrerhuus an. Dat kunn nich ween – Woso weern överall rode Placken op de Schiev? Em wurr swatt vör Oogen. De Tog jachte nuch een

Auch heute war wieder ein guter Tag, es waren Schulferien. Im Vormittagszug saßen kaum Menschen. Er kannte die Fahrgäste und wusste, dass keiner vor Tönning aussteigen würde. Witzwort konnte er ohne Halt passieren.

Andreas freute sich schon auf den Feierabend. Er musste nur noch diese Fahrt nach St. Peter machen. Dann würde er abgelöst werden. Er überlegte, was er danach mit Ruth unternehmen könnte, die Urlaub hatte. Relativ unkonzentriert fuhr er, ohne die Geschwindigkeit nennenswert zu vermindern, auf Harblek zu. Am Ende des Bahnsteigs standen zwei Menschen. Als er sie sah, war es zu spät zum Anhalten. Egal, sollten die den nächsten Zug nehmen, Sie hätten sich ja rechtzeitig deutlich bemerkbar machen können.

Dann sah er Ruths Augen vor sich, weit aufgerissen vor Entsetzen. Sie schaute ihn durch das Fenster im Führerhaus an. Es konnte nicht sein - warum waren überall rote Flecken auf der Scheibe? Ihm wurde schwarz vor Augen. Der Zug raste noch einen

Kilometer ahn Föhrer dör de Gegend, bet he automatisch nootbremst wurr.

As Gendarmen und Noothelp ankeemen, wieste sik de een afscheuliche Bild.

Andreas weer wedder klar, stunn avers ünner Schock, snackte dösige Tüch. Sien Fru Ruth weer vunne Tog mittrocken wurrn. Wiedat de Tog ahn aftobremsen wiederfohrt weer, müssen de Liekendeele op een Streck vun över een Kilometer insammelt warrn.

All fraagten sik, wat de junge Fru dorto dreeven harr, ehr Leeven enn Enn to setten.

Andreas brabbelte jümmers wedder, dat Ruth vun ehrn Ehemalige vör de Tog stöttet wurrn weer.

Bewiese dorför kunnen nich funnen warrn, keen een har wat sehn. Andreas glöövte man ni, denn de stammelte blots noch rum, snackte nich mehr in heele Setten.

Kilometer führerlos dahin, bis er automatisch notgebremst wurde.

Als Polizei und Rettungskräfte eintrafen, bot sich ihnen ein Bild des Grauens.

Andreas war wieder bei Bewusstsein, stand aber unter Schock und redete wirres Zeug. Seine Frau Ruth war vom Zug erfasst worden. Da der Zug ungebremst weitergefahren war, mussten die Leichenteile auf einer Strecke von über einem Kilometer eingesammelt werden.

Alle fragte sich, was die junge Frau dahin getrieben hatte, ihrem Leben auf so grausame Art ein Ende zu setzen.

Andreas murmelte immer wieder, dass Ruth von ihrem Exfreund vor den Zug gestoßen worden sei.

Beweise dafür konnten nicht gefunden werden, niemand hatte etwas gesehen. Andreas wurde nicht geglaubt, denn er stammelte nur noch herum, sprach nicht in ganzen Sätzen.

He verholte sik ni nich mehr vunne Schock, wurr na een Johr inne Klapsmöhl inleevert, wo he de Rest vun sien Leeven tobringen schull.

Op de Streck vun Husum na St. Peter geev dat vun dor an keen figelinsche Malööre mehr.

Er erholte sich nie mehr von dem Schock, wurde nach einem Jahr in die geschlossene Psychiatrie eingeliefert, wo er den Rest seines Lebens verbringen sollte.

Auf der Strecke zwischen Husum und St. Peter Ording gab es von da an, keine mysteriösen Unglücksfälle mehr.

Steeden, wo de Schoosen speeln

De Bahnstreck vun Husum na St. Peter

Eegens heet de Endbahnhoff Bad St. Peter-Ording. Man wi snacken jümmers blots vun St. Peter, denn de beiden Dörper St. Peter un Ording wurrn amtlich eerst 1967 to een Oort tosamenleggt.

De Streck is al teemlich old, de erste Deel wurr al 1854 inwieht. Dormals führte de Streck vun Flensborg na Tönn. Mit de Iesenbahn wurrn de Ossen vun Flensborg na Tönn bröcht, do op Scheep verlaadet un na England bröcht. Torüch keem engelsche Köhl, de in Tönn op'e Iesenbahn verlaadet wurr. Disse Hannel weer 1888 toen, as wegen de Muul-un Klauensüük keen Rinner ut Düütschland mehr na England bröcht warn dursen.

Laater wurr denn vun Tönn na Garn wiederbuut. De Deelstreck wurr 1892 inwieht. 1932 wurr denn de letzte Deel bet St. Peter in Bedriev nahmen. Dormit is de Streck nu 44 Kilomenter lang.

Schauplätze

Die Bahnstrecke von Husum nach St. Peter

Eigentlich heißt der Endbahnhof Bad St. Peter-Ording. Aber wir sprechen immer nur von St. Peter, denn die beiden Dörfer St. Peter und Ording wurden offiziell erst 1967 zu einem Ort zusammengelegt.

Die Strecke ist recht alt, der erste Teil wurde bereits 1854 eingeweiht. Damals führte die Strecke von Flensburg nach Tönning. Mit der Bahn wurden Ochsen von Flensburg nach Tönning gebracht, dort auf Schiffe verladen und nach England gebracht. Zurück kam englische Kohle, die in Tönning auf die Eisenbahn verladen wurde. Dieser Handel endete 1888, als wegen der Maul- und Klauenseuche keine Rinder aus Deutschland mehr nach England gebracht werden durften.

Später wurde dann von Tönning nach Garding weitergebaut. Die Teilstrecke wurde 1892 eingeweiht. 1932 wurde dann der letzte Teil bis St. Peter in Betrieb genommen. Damit ist die Strecke jetzt 44 Kilometer lang.

Hotel Zum gloldenen Anker

Dank ok an Willi Peters, dat de Schoose mit desprackelbunte Poggenkönig in sien Hotel speeln dörf.

Dat Hotel liggt glieks anne Tönner Haven.

„Butt satt" gift dat bi em wohraftig op de Spieskort un bito ok veele anner lecker Saaken, de ik girn eet.

Över de Geschicht vun't Hotel vertellt Willi sachs girn bi'n Besök dor.

Hotel Zum gloldenen Anker

Dank an Willi Peters dafür, dass die Geschichte mit dem bunten Froschkönig in seinem Hotel spielen darf.

Das Hotel liegt direkt am Tönninger Hafen.

„Scholle satt" gibt es bei ihm tatsächlich auf der Speisekarte und dazu noch viele andere leckere Sachen, die ich gerne esse.

Über die Geschichte des Hotels erzählt Willi sicher gern bei einem Besuch dort.

De Schrieversche

Birgit Pauls is in Husum boorn, in Tönn und Kotzenbüll opwussen. Na de School is se lange Tied dor Düütschland tingelt. Siet tein Johr leevt se wedder in Tönn.

Siet 2009 schrivt se Krimis, de meist in Nordfreesland speelen. In't Büro sitt se dorbi ni girn. Wenn dat Weller mitspeelt und dat dröch vun boben is, is se meist mit ehr Schrievtück anne Haven oder anne Eiderdiek to finnden.

De E-Mail Adress vun de Autorin is info@birgitpauls.de.

Die Autorin

Birgit Pauls wurde in Husum geboren, ist in Tönning und Kotzenbüll aufgewachsen. Nach der Schule lebte sie an vielen verschieden Orten Deutschlands. Seit fast zehn Jahren wohnt sie wieder in Tönning.

Seit 2009 schreibt sie Krimis, die meist in Nordfriesland spielen. Im Büro sitzt sie dabei nicht gern. Wenn das Wetter mitspielt und es nicht regnet, ist sie mit ihren Schreibutensilien meist am Hafen oder am Eiderdeich zu finden.

De E-Mail Adress vun de Autorin is info@birgitpauls.de.

Anner Böker vun Birgit Pauls

Droomfru un Halligmörder
ISBN 978-3-7347-9726-2
- Droomfru
- Halligmörder

Tönning Krimi
ISBN 978-3-7357-6232-0
- De swatte Kreih
- Höllenlüüden op Tofting

Tönning Krimis 2
ISBN 978-3-7386-3236-1
- Mollys Arvdeel

Kleopatra von Witzwort
ISBN 978-3-7412-5156-6

Kotzenbüll Krimi 1
ISBN 978-3-7392-1283-8
- De Toreiste
- De bedreegerische Frier

Piraten, Strandräuber und moderne Raubritter
ISBN 978-3-8448-0291-7

Weitere Bücher von Birgit Pauls

Droomfru un Halligmörder
ISBN 978-3-7347-9726-2
- Traumfrau
- Halligmörder

Tönning Krimi
ISBN 978-3-7357-6232-0
- Die schwarze Krähe
- Höllenläuten Tofting

Tönning Krimis 2
ISBN 978-3-7386-3236-1
- Mollys Erbe

Kleopatra von Witzwort
ISBN 978-3-7412-5156-6

Kotzenbüll Krimi 1
ISBN 978-3-7392-1283-8
- Der Zugereiste
- Der betrügerische Bräutigam

Piraten, Strandräuber und moderne Raubritter
ISBN 978-3-8448-0291-7